AF240130

LES
TROIS DIALOGUES

DE

MAITRE PIERRE.

Paris.

PAULIN, LIBRAIRE-ÉDITEUR, PLACE DE LA BOURSE.

DÉCEMBRE 1833.

SOMMAIRE.

Auffray, Imprimeur, passage du Caire.

LES

TROIS DIALOGUES

DE

MAITRE PIERRE.

PREMIER DIALOGUE.

La Souveraineté du Peuple, qui est le principe.

FRANÇOIS.

On dit, maître Pierre, que vous êtes docteur, et tant soit peu logicien ; or, maître Pierre, la politique m'embrouille, j'y vois trouble ; et, puisque vous êtes un savant, ne pourriez-vous pas m'é-claircir cela, et, par exemple, me dire sous quelle espèce de gou-vernement nous vivons, et s'il y en a un qui vaille mieux que les autres, vous me le direz, n'est-ce pas ?

MAITRE PIERRE.

C'est que vois-tu, François, il y a des gouvernemens pour tous les goûts, et nous avons souvent changé de goût depuis quarante ans.

FRANÇOIS.

Mais, maître Pierre, à qui en est la faute, des gouvernés ou des gouvernans ?

D'abord, cette vieille machine de la monarchie, usée jusqu'au moyeu, ne pouvait plus rouler.

La Convention n'était guère bien aimable avec ses échafauds, ses réquisitions, son maximum et ses assignats.

L'empire avait étouffé la liberté sous la gloire, et la restauration, venue montée sur un cheval de cosaque, a fini par les mitraillades ;

4

et puis, voilà qu'ils disent que Louis-Philippe est aussi un enjôleur, et qu'il prend le chemin des autres.

MAITRE PIERRE.

Ainsi, François, tu vois toi-même que ces gouvernemens ont tour à tour péri pour avoir manqué à leur principe.

FRANÇOIS.

Je m'en doutais, mais il y a toutes sortes de principes, et il ne doit y en avoir qu'un de vrai, de même qu'il n'y a qu'un Dieu. Mais comment reconnaître et séparer le vrai du faux ?

MAITRE PIERRE.

Ecoute-moi bien, la vérité te saisira, et tu m'arrêteras, dès que tu l'auras aperçue.

D'abord, il y a des gens bien dévots, comme qui dirait les prêtres et les nobles, qui croient que Dieu a pris par la main une famille, et qu'il l'a fait asseoir sur le trône; en lui disant : Vous régnerez sur ce peuple, vous et votre race.

FRANÇOIS.

Maître Pierre, je ne comprends pas l'incompréhensibilité.

MAITRE PIERRE.

Il y en a d'autres qui, comme qui dirait les militaires, disent : Ce peuple est à moi, je l'ai conquis par l'épée, l'épée est ma force et mon droit.

FRANÇOIS.

Passez à une autre définition, maître Pierre, je ne comprends pas la violence.

MAITRE PIERRE.

Il y en a, comme qui dirait les doctrinaires, qui disent : Nous sommes tous des hommes de génie, de science et de raison. Nous savons mieux que lui ce qui convient au peuple, et il est bien heureux que nous nous mêlions de faire ses affaires. Nous lui ravirons son argent, son pouvoir et ses honneurs, et nous lui laisserons par grâce, s'il est sage, quelque ombre de liberté. La souveraineté, qu'est-ce que c'est? c'est la raison, et il va sans dire que la raison, c'est nous.

FRANÇOIS.

Faut-il vous l'avouer, maître Pierre, je ne comprends pas la fourberie.

MAITRE PIERRE.

Enfin, il y en a qui disent que tous les hommes sont égaux, qu'ils ont, par conséquent, les mêmes droits, et qu'ainsi la souveraineté est l'expression de la volonté de tous.

FRANÇOIS.

Maître Pierre, arrêtez, je vous comprends ; toutefois, j'ai à vous faire une petite objection que voici : Si chacun voulait user complètement de son droit, il blesserait le droit d'autrui. Le plus fort dans l'état de nature renverserait l'égalité du plus faible, et la destruction du droit résulterait de l'exercice du droit lui-même.

MAITRE PIERRE.

C'est pour cela, François, que les hommes ont mis tous leurs droits en commun, et c'est ce qui s'appelle vivre en société.

Or, voici ce qu'on a établi pour que la société marchât et vécût, car la première condition de toute société est de marcher et de vivre.

On n'admettra pas la voix des incapables : seront incapables les fous qui n'ont plus l'usage de leur raison, les enfans qui ne l'ont pas encore, ceux qui en ont abusé pour nuire à leurs co-sociétaires, et les étrangers, qui ne peuvent avoir deux patries. Toute autre incapacité, même celle des serviteurs à gages, est arbitraire, elle est du moins discutable.

Cela ne suffisait pas, on a objecté : Si tous les hommes capables, ayant un droit égal, opposent droit à droit, qui obéira et qui commandera? et si tous ne s'entendent pas, qui fera la loi? Alors on a dit : Ceux qui veulent que le droit social s'exerce de telle manière, passeront d'un côté; et ceux qui ne veulent pas qu'il s'exerce de cette manière, passeront de l'autre côté. On a compté ensuite le nombre des voix, et le côté qui a eu le plus de voix ou d'hommes, a eu ce qu'on appelle la majorité. La majorité a fait la loi, parce qu'elle avait pour elle la réalité du nombre et la présomption du droit, et la minorité s'y est soumise. C'est ainsi que tout va dans les sociétés humaines. N'est-ce pas la majorité des députés qui, dans les chambres, adopte ou rejette les lois? Nest-ce pas la majorité des cardinaux qui élit les papes? N'est-ce pas la majorité des académiciens, qui choisit les académiciens? la majorité des électeurs, qui fait les députés? la majorité des gardes nationaux, qui nomme ses officiers? la majorité des juges qui absout et condamne, etc. ?

FRANÇOIS.

Ainsi, vous appelez l'acte par lequel la majorité règle les biens, les droits et les intérêts de tous, et se fait obéir...

MAITRE PIERRE.

La loi.

FRANÇOIS.

La loi est donc l'expression de la volonté de tous les citoyens, lorsque tous les citoyens la consentent, ou de la majorité des citoyens, lorsque tous ne la consentent pas?

MAITRE PIERRE.

Tu l'as dit.

FRANÇOIS.

Quelle est la première et la plus nécessaire de toutes les lois?

MAITRE PIERRE.

La Constitution, car elle déclare, règle et garantit les libertés de tous et de chacun, et elle détermine la nature, la forme, l'étendue et la durée des pouvoirs qui gouvernent, jugent et exécutent.

FRANÇOIS.

Quelle est la constitution la plus parfaite?

MAITRE PIERRE.

Celle qui offre aux droits de l'homme le plus de protection, et qui, par conséquent, se rapproche le plus de la nature.

FRANÇOIS.

Je vois bien, d'après ce que vous dites, maître Pierre, que toutes les chartes octroyées, soit par un roi, soit par d'autres pouvoirs isolés, ne sont que des actes d'usurpation, et que le peuple, étant le seul souverain, a seul le droit de porter la loi du souverain, la loi du pays, la constitution.

Mais qui tirera de son abstraction le principe de la souveraineté du peuple? qui lui donnera un corps, de la vie, un organe, une âme? qui le fera agir et parler? qui bâtira cette constitution, ce grand et magnifique édifice social, dans lequel le peuple doit vivre et habiter?

MAITRE PIERRE.

C'est un congrès national.

DEUXIÈME DIALOGUE

DE

MAITRE PIERRE.

—

FRANÇOIS.

Qu'entendez-vous, maître Pierre, par un congrès national, et n'est-ce pas lui qui doit faire la constitution?

MAITRE PIERRE.

Il est vrai, François; et, si cela était possible, il faudrait que la constitution fût proposée devant toute la nation, rédigée, discutée et votée par elle. Mais 33 millions de personnes ne le peuvent faire; elles choisissent donc, pour le faire en leur nom, des hommes de confiance, des mandataires dont elles ratifient l'œuvre, s'il y a lieu.

Ces mandataires, réunis de tous les points du pays, forment une assemblée que nous appelons congrès national, parce que c'est la nation qui les nomme.

FRANÇOIS.

Mais la nation, maître Pierre, c'est tout le monde; il faudra donc que tout le monde, sans exception, nomme les députés. Car, dans une société, femmes, enfans, vieillards, tous y entrent, tous ont à y remplir des droits et des devoirs. Puis, vous m'avez dit, maître Pierre, que vous consulteriez aussi les serviteurs à gages.

MAITRE PIERRE

Eh! pourquoi non, François! les domestiques sont-ils donc frappés par la nature d'imbécillité? Arguerait-on de leur dépendance, parce que nous les payons? Mais le gouvernement ne paie-t-il pas les fonctionnaires? Les domestiques sont nos serviteurs, et non pas nos esclaves. Servir, c'est travailler. Or, travailler ne dégrade pas le citoyen. La différence, je vous prie, entre un maître oisif et un serviteur laborieux! Parce que le premier sera riche, et qu'il ne fera rien, vous lui conférez un droit politique; et parce que le second est pauvre, et qu'il travaillera, vous le lui refusez! Ne voilà-t-il pas une belle justice?

FRANÇOIS.

Vous avez beau dire, maître Pierre, cela choque au premier mot, comme tout ce qui est nouveau. Je ne dis pas pourtant qu'il n'y ait du vrai dans ceci. Il est certain que c'est vouloir que tout le monde vive bien ensemble, et soit plus content de la chose sociale, que d'appeler tout le monde à l'organiser dans l'intérêt de tout le monde. C'est plus habile, parce que c'est plus juste. Mais comment tant de gens, même en écartant les domestiques et les femmes, pourront-ils bien délibérer une constitution ? ce sera la tour de Babel.

MAITRE PIERRE.

Je te répète, François, que c'est précisément parce qu'il est plus facile de choisir un législateur, que d'être soi-même législateur, qu'il faut laisser chacun élire son mandataire, selon sa confiance ; et, comme tous les membres de la souveraineté ont des droits égaux, la justice veut que la représentation soit répartie, non d'après la valeur de la propriété ou l'étendue du territoire, mais d'après la somme de la population.

FRANÇOIS.

Mais comment toute cette multitude pourra-t-elle trier et asseoir son choix, surtout si l'élection est directe ?

MAITRE PIERRE.

Cette multitude, c'est le peuple tout entier, tu l'oublies, François. Or, ce sont les coteries aristocratiques ou ministérielles qui choisissent lentement et confusément. Le peuple choisit vite et bien. Il a un instinct merveilleux pour démêler les choses et les personnes qui conviennent aux masses ; et, comme il n'est pas préoccupé par l'ambition personnelle, l'avarice, l'orgueil, l'envie et toutes les vilaines passions de l'aristocratie, il met tout de suite la main sur l'homme qu'il lui faut ; il a le bon esprit de choisir un patriote, et le bon goût de choisir un homme capable. Ne vous inquiétez pas de son affaire. Mille hommes du peuple, laissés à eux-mêmes, auront plutôt fait leur besogne que les colléges du double vote, avec leurs trois tours de scrutin.

FRANÇOIS.

Ainsi, les assemblées primaires, réunies au chef-lieu de canton, éliraient directement les députés au congrès national.

Mais qui ferait le réglement pour ces assemblées, et qui les convoquerait ?

MAITRE PIERRE.

Un gouvernement provisoire.

FRANÇOIS,

Qui aurait nommé ce gouvernement, et qui lui aurait conféré ce droit ?

MAITRE PIERRE.

Ce droit ? il l'aurait pris de lui-même, ainsi que cela se fait toujours, par la force de la nécessité, et sauf ratification du peuple. C'est comme si mille personnes tombaient tout à coup dans une île déserte. Quelques-uns prendraient le commandement provisoire, sauf à faire ensuite approuver leurs pouvoirs et leurs actes par tous les naufragés.

Voici donc la marche naturelle des choses : après une révolution, un gouvernement provisoire se met au timon du vaisseau dont le pilote est noyé.

Il convoque les assemblées primaires.

Les assemblées primaires se composent de tous les citoyens majeurs et domiciliés.

Elles nomment directement les représentans du peuple.

Ceux-ci s'assemblent en congrès et dressent la charte.

La charte est soumise par oui ou par non à la ratification du peuple en assemblées primaires.

Alors le congrès se dissout. Le gouvernement provisoire cesse, et les pouvoirs réguliers créés par la constitution se mettent en mouvement.

FRANÇOIS.

Mais que ferait le congrès national ? quelle part donnerait-il au pouvoir, et quelle part à la liberté ? quelle forme de gouvernement proposerait-il au peuple ? en un mot, qui vaudrait mieux d'une monarchie ou d'une république ?

MAITRE PIERRE.

Tout grand docteur que tu me dis, François, il n'est pas tant facile de répondre à de telles questions, et de trancher tout de suite, moi chétif raisonneur, un problème qu'une assemblée d'hommes graves, nombreux, éclairés, aurait elle-même beaucoup de peine à résoudre, après les plus longues et les plus mûres délibérations.

Mais puisque tu veux, François, avoir là-dessus mon avis, je te le dirai avec simplicité et bonne foi.

TRÓISIÈME DIALOGUE

DE

MAITRE PIERRE.

——

FRANÇOIS.

Vous avez prouvé, maître Pierre, que la souveraineté du peuple était le principe de tout gouvernement libre, et que le congrès national était le moyen de ce principe. Maintenant, quel serait le but du congrès national ? C'est ce qui vous reste, maître Pierre, à nous expliquer.

MAITRE PIERRE.

Je vais aussi le faire : d'abord, François, le congrès national s'occuperait de reconnaître et de déclarer les conditions fondamentales de la charte, quelle qu'elle soit.

FRANÇOIS.

Quelles sont ces conditions ?

MAITRE PIERRE.

Elles sont bien simples : c'est de concilier, autant que possible, le droit naturel avec le droit social ; c'est d'assurer à chaque citoyen la liberté d'aller et de venir, ce qu'on appelle la liberté individuelle ; la liberté de professer, seul ou plusieurs, publiquement ou en particulier, sur toutes sortes de matières, ce qu'on appelle la liberté de l'enseignement ; la liberté d'adorer Dieu sous telle ou telle forme, ou même de ne pas l'adorer, ce qu'on appelle la liberté de conscience ; la liberté de se réunir plusieurs pour conférer sur quoi que ce soit, ce qu'on appelle la liberté de l'association ; la liberté de publier et d'imprimer sa pensée sur tous les sujets quelconques, ce qu'on appelle la liberté de la presse ; la liberté de donner son suffrage à qui l'on veut, ce qu'on appelle la liberté des élections ; la liberté de dire, dans l'assemblée des représentans du pays, tout ce que l'on croit bon et utile au pays, ce qu'on appelle la liberté de la tribune ; la liberté d'être maître chez soi, ce qu'on appelle la liberté du domicile ; la liberté de vendre, de louer, d'échanger, de produire, de fabriquer, d'importer et d'exporter, ce qu'on appelle la liberté de l'agriculture, du commerce et de l'industrie ; joignez à ceci la proportionnalité des impôts, le respect de la propriété, l'admissibilité de tous les citoyens à tous les emplois par la voie du concours et de l'élection, et l'abolition de tous les priviléges et monopoles : vous aurez alors l'ensemble à peu près complet de ce qu'on entend par les libertés fondamentales du pays.

FRANÇOIS.

Maintenant, maître Pierre, sous la garantie de quel gouvernement placeriez-vous ces libertés-là ? En d'autres termes, y aurait-il une république ou un roi ?

MAITRE PIERRE.

C'est le congrès national qui en déciderait ; car un congrès national exprime le vœu de la majorité, puisqu'il est le représentant de la majorité. Un congrès national, émané de tous les points du territoire, est plus propre à déclarer le régime qui convient le mieux au territoire, qu'un seul ou que quelques hommes. Un congrès national sait d'avance, par le mandat formel ou tacite des électeurs, ce qu'ils veulent ; et, comme son œuvre achevée serait soumise à la ratification du peuple, il ne peut sortir que la vérité de la double épreuve du mandat et du consentement.

Mais comme, dans les problèmes politiques, on doit présumer que ce qui est vrai et raisonnable sera résolu, nous devons présumer que le congrès national adopterait plutôt la forme républicaine que la forme monarchique.

FRANÇOIS.

Vous croyez donc, maître Pierre, que la liberté n'est pas compatible avec la monarchie ?

MAITRE PIERRE.

Il ne faut rien exagérer ; ce serait trop dire qu'une monarchie constitutionnelle n'est pas compatible avec une certaine liberté ; mais elle est incompatible avec toutes les libertés que j'ai définies tout à l'heure ; tandis que ces libertés fondamentales sont compatibles avec la forme républicaine, et même ne sont compatibles qu'avec elle.

FRANÇOIS.

Mais ils disent que nous avons des mœurs monarchiques.

MAITRE PIERRE.

Qui dit cela, François ? quelques courtisans et quelques ambitieux. Mais le gros de la nation, 28 millions d'hommes sur 32 qui travaillent dans les ateliers, ou qui labourent la terre, en quoi peut-on dire, je vous prie, qu'ils aient des mœurs monarchiques ? Demandez-leur s'ils ne veulent pas tous de l'égalité, et, lorsque vous aurez leur réponse qui sera unanime, dites-moi en quoi l'égalité est compatible avec la monarchie, qui est la négation absolue de l'égalité ? Y a-t-il rien, en effet, qui blesse davantage l'égalité voulue par le peuple, que cette pairie sortie des antichambres d'un roi, que cette couronne héréditairement transmise à des crétins ou à des enfans au maillot, que ces courtisans dont les obsessions arrachent à la faiblesse du prince les faveurs et les emplois de toute espèce, que ces alliances de famille avec des rois étrangers, que ces armées qui s'appellent les armées du roi, et non de la nation? Y a-t-il rien qui ruine plus le gouvernement à bon marché voulu par le peuple, que l'entretien et la construction de tant de vastes et inutiles palais, que ces listes civiles surchargées de millions dont les miettes feraient vivre tant de misérables, que ces traitemens énormes prodigués aux ministres, aux ambassadeurs et aux grands fonctionnaires chargés de représenter au-dehors et de soutenir au-dedans le luxe et la magnificence insolente des monarchies? Y a-t-il rien qui froisse autant l'intérêt national, voulu assurément par le peuple, que l'intérêt dynastique souvent opposé? Y a-t-il rien qui offense davantage la morale publique voulue aussi par le peuple, que ces millions de fonds secrets, ces milliers de gendarmes, d'espions et d'agens de police, et ces délateurs, corrupteurs, calomniateurs et empoisonneurs politiques de tout genre, employés exclusivement au service d'une dynastie? Y a-t-il enfin un régime plus contraire à la bonne harmonie des opinions et à la prospérité constante des affaires du pays, que ce régime monarchique qui va tirant de son côté, tandis que la liberté tire de l'autre, et qui, par ses résistances à toute amélioration, à toute liberté, à tout progrès, entretient dans la société une guerre morale actuelle, et prépare une guerre civile prochaine? Il ne suffit pas de dire : nous voudrions pouvoir concilier la monarchie avec la liberté ; et nous aussi, nous l'aurions voulu et nous l'avions cherché ; et, comme des gens de bonne foi, comme de sincères patriotes qui eussent préféré à un état perpétuel de trouble et de gêne, une liberté restreinte mais solidement assise. Au lieu de cela, des ministres renégats et des chambres de monopole nous ont ravi une à une le peu de libertés que nous avions. Où veut-on alors que nous espérions des garanties, quelques libertés, du repos, de la grandeur nationale, un avenir, si ce n'est dans une autre forme ? cette forme est la république.

FRANÇOIS.

Vos objections contre la monarchie ne me semblent que trop vraies ; mais que répondrez-vous à celles qui sont faites aussi contre la république?

Ne craignez-vous pas de voir renaître, à la seule apparition de la république, les horreurs de 93, le pillage des propriétés, les tribunaux révolutionnaires, l'assassinat de la presse, les échafauds, la proscription des citoyens par masse, et le maximum?

MAITRE PIERRE.

Tu parles ici d'un temps de désordre et d'arbitraire, et nous voulons nous, de l'ordre et de la règle. Tu confonds, en un mot, l'anarchie avec la république, ce qui est bien différent. La république s'appuie sur l'ordre et sur le respect des personnes et des propriétés. A qui persuadera-t-on que, le lendemain du jour où il n'y aurait plus de monarchie, il n'y aurait plus de lois ni de paix publique? C'est la plus sanglante injure qu'on puisse faire à notre grande nation.

Le peuple a été roi pendant quelques jours, après la victoire de Juillet. Depuis quarante ans, vit-on jamais de jours plus paisibles et plus glorieux ? Le peuple de 1833 n'est plus le peuple de 93 ; il est plus éclairé, il n'envie pas le bien des autres, parce qu'il est lui-même propriétaire ; il n'a point de vengeances à exercer contre des supérieurs, parce qu'il est supérieur à tous les individus quelconques ; il sent qu'il est citoyen; que s'il a des droits à exercer, il a aussi des devoirs à remplir ; il est digne d'être mis en possession de de lui-même, et de gouverner le pays que son travail, son courage, son génie et ses lumières enrichissent et glorifient. Qu'il soit encore plus digne de la république, lorsqu'il sera encore plus éclairé , et que la transition du régime actuel à cet autre régime , soit moins brusque, lorsqu'elle sera plus unanime, c'est une autre question. Mais qu'on redoute que le peuple abuse de son pouvoir, se dégrade et se déshonore, non, cela n'est pas possible , non , cette objection ne mérite pas d'être réfutée, car elle n'est pas française!

FRANÇOIS.

Vous prenez feu, maître Pierre, pour l'honneur du peuple , et j'aime à vous voir cette patriotique chaleur. Mais, en supposant que le passage de la monarchie à la république se fît paisiblement, n'ad-mettez-vous pas que l'élection périodique d'un président serait l'occasion de brigues et de troubles sans fin ?

MAITRE PIERRE.

Il n'y a, François, de brigues et de troubles de cette sorte que dans les monarchies. Ainsi, nous avons eu, après la révolution de 1830, trois compétiteurs, le duc d'Orléans, le duc de Reichstadt et le duc de Bordeaux. Chacun d'eux se prétendait exclusivement légitime, et peu s'en est fallu que leur querelle n'ait ensanglanté le pays. Que dis-je ? la Vendée n'a-t-elle pas été déchirée par la guerre civile, et les paysans, soldats et gardes nationaux ne se sont-ils pas entretués, pour avoir l'honneur de mourir légitimement au service du duc d'Orléans ou du duc de Bordeaux ? Que serait-il advenu, si le pacifique empereur d'Autriche eût lâché le jeune Napoléon sur les frontières de l'Alsace ou du Dauphiné ? Chacun se serait demandé : eh bien ! pour lequel de ces trois princes légitimes, allons-nous avoir le bonheur et la gloire de nous massacrer ? Que dis-tu aussi, François, du Portugal, où l'oncle et la nièce, et de l'Espagne, où la nièce et l'oncle se fusillent, et plongent dans le deuil et la misère les innocentes familles de leurs défenseurs, pour savoir à qui des deux règnera ? est-ce là ce qu'on appelle la facile et douce transmission des couronnes héréditaires? Quel est donc ce droit que personne ne peut définir, et pour lequel on se tire des coups de canon? Il faut avouer que les nations de l'Europe, qui se vantent tant de leur civilisation et de leurs lumières, sont quelquefois bien ridicules, bien folles, et, tranchons le mot, bien atroces. A la vérité, les choses ne se passeraient pas de la sorte, si dans notre théorie, le peuple lui-même faisait ses affaires, car il bornerait le pouvoir du président de la république. Ce président ne gouvernerait que pendant trois ans, et il

serait responsable ; son commandement serait limité, et son traite-
ment n'aurait rien de trop élevé ; il serait aisé d'ailleurs de régler
son élection de manière qu'elle ne causât pas plus de trouble que
celle d'un simple député. Mais prends garde, François, que, lorsqu'il s'agit d'une royauté irresponsable, qu'on peut transmettre à
ses enfans, dont les prérogatives sont immenses, et qui jouit d'une
liste civile énorme, la possession perpétuelle de tant d'honneurs, de
pouvoir et de richesses, allume, au dernier point, l'ambition et la
cupidité de tous les prétendans.

Toute royauté ne vit que d'abus, d'exclusions et de priviléges.
Au contraire, dans une république bien ordonnée, les emplois
seraient plutôt imposés qu'arrachés, parce qu'ils seraient plutôt des
charges que des bénéfices.

FRANÇOIS.

Mais croyez-vous, maître Pierre, que les rois absolus du reste de
l'Europe consentissent à assister, l'arme au bras, à l'établissement
de la république française; et n'attireriez-vous pas sur la nation
une terrible guerre qui finirait peut-être par le démembrement
de l'empire, ou par la restauration pure et simple de la monarchie
absolue? Ne vous souvient-il pas de l'irruptiou des cosaques, et du
milliard qu'il a fallu jeter à ces loups affamés, pour le rachat de
notre indépendance et de la purgation de notre territoire? Les em-
pereurs d'Autriche et de Russie, les rois de Prusse, de Naples, de
Hanôvre, d'Espagne, de Sardaigne, de Hollande, et tous les autres
petits roitelets et principicules, ne craindraient-ils pas l'invasion con-
tagieuse de cette espèce de choléra républicain, et ne dépenseraient-
ils pas leur dernier écu et leur dernier homme pour le refouler et
pour l'étouffer dans le lieu-même où il aurait pris naissance, et
commencé à déployer ses aîles ?

MAITRE PIERRE.

Ton objection, François, n'est pas sans valeur; mais elle n'est
pas non plus sans réponse :

Si les rois, qui ont bonne envie de nous déclarer la guerre, ne
nous la font pas, c'est qu'ils craignent, en la fesant, de jouer le tout
pour le tout. Nous avons contre nous les aristocraties et les rois;
mais, en secret, nous avons les peuples. Les armées des rois sont
peuple aussi. La liberté n'a, en Europe, qu'un cœur et qu'une lan-
gue. Toutes les nations sont sœurs. Quand nous voulions faire les
conquérans, elles se sont armées contre nous, et c'était juste! Mais
si nous nous présentions seulement comme libérateurs, ce serait
différent. La république ne dirait pas aux rois : déposez votre couronne; mais elle leur dirait : Je suis maîtresse chez moi, et libre de
me gouverner comme je l'entends. Gare à qui me touche! Il est
probable que les rois y regarderaient à deux fois. Figurez-vous la
France se levant dans sa colère, et courant vers les frontières, le
drapeau tricolore à la main! Entendez-vous les paroles magiques
d'émancipation et de liberté allant remuer, sur les rives du Pô, du
Tage, du Rhin, de la Vistule, les populations héroïques de l'Italie,
du Portugal, de l'Allemagne et de la Pologne? Quel est le diplo-

mate assez habile pour prévoir, pour calculer les effets prodigieux et subits de la propagande française? Qui pourrait résister à la furie de ce torrent? Il y a sans doute des chances de défaite, de trahison, de ruine. Quelles chances aussi de triomphe, et alors quel avenir! mais chaque jour, chaque heure étant pour notre cause, un jour, une heure de progrès, la prévoyance même de cet avenir exige que nous modérions notre impatience française, la plus vive de toutes les impatiences connues. Nous devons nous attacher surtout à implanter dans notre sol le principe essentiellement républicain de l'élection.

FRANÇOIS.

Je vois bien que, dans votre système, vous placeriez l'élection au sommet du gouvernement; mais prétendez-vous qu'il soit l'agent, le moteur universel de toute la machine?

MAITRE PIERRE.

Oui, sans doute. Ainsi, la nation ou la chambre de ses représentans nommerait, au scrutin de majorité, le président de la république pour trois ans. Tous les citoyens majeurs et domiciliés nommeraient, dans chaque commune, les conseillers municipaux et le maire. Ils nommeraient, réunis au chef-lieu de canton, et par deux scrutins séparés, les conseillers de département et les représentans du peuple et leurs suppléans.

Les officiers de l'armée, de la garde nationale, de l'administration et de la judicature, sortiraient de l'élection temporaire, modifiée selon le cas, par des conditions d'aptitude et par le concours.

La loi déterminerait quels sont les officiers laissés à la nomination du pouvoir exécutif, dans l'intérêt du service public.

Mais il y aurait, en outre, liberté complète pour les associations, pour la presse, pour le culte, pour l'enseignement, pour le commerce et l'industrie, sauf la surveillance des autorités municipales, et sous l'obligation, pour chacun, d'user de son droit sans nuire à celui des autres.

L'élection universelle, c'est là, François, toute la république.

Il n'y aurait plus ni cumuls, ni sinécures, ni listes civiles, ni gros traitemens, ni pensions, si ce n'est alimentaires; le budget des recettes serait, dans l'intérêt des artisans et des laboureurs, dégagé successivement des impôts du vin, du tabac et du sel; le budget des dépenses serait réduit au strict nécessaire, et, au lieu d'emprunter, tous les ans, comme on le fait, pour couvrir le déficit, on aurait sur l'excédant des recettes, une forte réserve qui ferait face aux besoins urgens sans grever le peuple, et qui servirait au remboursement de la dette.

On couvrirait la France d'écoles primaires et secondaires, et d'enseignemens de tout genre. L'on chercherait enfin à maintenir, par de sages règlemens, l'équilibre entre la consommation et la production.

FRANÇOIS.

Vous croyez donc qu'il n'y a que la république qui puisse répondre à la dignité de la nature humaine, satisfaire à la loi du progrès, procurer un gouvernement à bon marché, étouffer la rivalité des partis, unir la liberté à l'ordre, et améliorer la condition politique, morale et matérielle du peuple?

MAITRE PIERRE.

Et toi, François, le crois-tu?

FRANÇOIS.

Oui, maintenant je le crois.